OBJETS D'ART

ET DE CURIOSITÉ

Bijoux & Diamants

EXEMPLAIRE D'ALFRED BEURDELEY

MM^{es} SEIGNEUR et CHARLES PILLET, Commissaires-Priseurs.

M. ROUSSEL, Expert.

RENOU ET MAULDE

IMPRIMEURS DE LA COMPAGNIE DES COMMISSAIRES-PRISEURS

Rue de Rivoli, 144

CATALOGUE

D'OBJETS D'ART

ET DE CURIOSITÉ

Émaux de Limoges, Armes anciennes,
Chandeliers en faïence dite de Henri II, Tabatières et Miniatures,
Meubles anciens et Objets divers, Bijoux et Diamants,
Rivière, Plaque de corsage, Broches,
Bracelets, etc.

DONT LA VENTE AUX ENCHÈRES PUBLIQUES AURA LIEU

Par suite de liquidation de la Cour impériale de Paris, en date du 12 avril 1862,
enregistrée

HOTEL DROUOT, SALLE N° 1

Les Vendredi 12 et Samedi 13 Février 1864

A UNE HEURE

Par le ministère de M° **SEIGNEUR**, Commissaire-Priseur,
rue Favart, 6,

Et de M° **CHARLES PILLET**, son Confrère, rue de Choiseul, 11,

Assistés de **M. ROUSSEL**, Expert, rue Rochechouart, 48,

Chez lesquels se distribue le présent Catalogue.

EXPOSITION PUBLIQUE

Le Jeudi 11 Février 1864, de une heure à cinq heures.

PARIS — 1864

CONDITIONS DE LA VENTE

Elle sera faite au comptant.

Les Adjudicataires paieront CINQ pour CENT en sus du prix d'adjudication.

DÉSIGNATION

Faïences de diverses Fabriques.

(FAÏENCE DITE DE HENRI II)

1 — Chandelier richement décoré d'arabesques émaillées, les unes en noir, les autres en brun sur fond blanc. Il est de forme monumentale du plus beau style et cantonné de figures de génies soutenant des écussons aux armes de France et du roi Henri II. Ces figures reposent sur des mascarons à faces humaines auxquelles se rattachent des guirlandes émaillées en vert; le soubassement orné de moulures est enrichi de mufles de lions et de têtes de chérubins.

Cet objet, remarquable par l'élégance de son architecture autant que par la perfection des détails, est l'une des plus belles pièces connues de cette précieuse faïence et faisait partie du service de Henri II. Fabrication française du temps de Henri II. Il provient de la collection de Mme de la Sayette.

2 — Jolie coupe festonnée, décorée d'arabesques fantastiques du plus beau style et d'une grande finesse d'exécution, sur fond blanc; au centre est un Amour debout tenant un arc. Fabrique d'Urbino.

3 — Coupe festonnée, décorée de feuillages, sur fond de diverses couleurs; au centre un buste d'homme casqué. Même fabrique.

ÉMAUX DE LIMOGES

4 — Grand et beau triptyque à peintures grisaille, légèrement teintées, représentant des épisodes de la vie de saint Jean-Baptiste.

Le tableau du milieu représente saint Jean en prédication entouré de nombreux assistants ; sur le volet de gauche est représenté le baptême de Jésus-Christ ; sur le volet de droite est représentée la décollation du saint ; au-dessus du sujet principal est Dieu le père bénissant, et au-dessus de chacun des volets un ange sonnant de la trompette.

Cet objet capital est attribué à Pape (Martin Didier). Monture en bois noir avec moulures dorées.

Haut., 60 c., larg., 70 c.

5 — Grand plat ovale à peinture coloriée sur paillons et rehaussée d'or, représentant Moïse élevant le serpent d'airain en vue des Israélites. Composition de nombreuses figures et d'un coloris brillant, signé J. D. C. en lettres d'or, monogramme de Jean de Court. Le revers est décoré de riches mascarons en grisaille teinté et d'arabesques d'or sur fond noir, et porte le même monogramme.

Ce plat a été décrit par M. l'abbé Texier.

Long., 55 c., larg. 41 c.

6 — Grand plat rond à peinture coloriée, représentant le repas des dieux. Belle composition, d'après Raphaël ; au revers des arabesques fantastiques en grisaille teintée.

Diam., 47 c.

7 — Deux plaques de forme rectangulaire, peintures coloriées rehaussées d'or, représentant, l'une Mer-
cure endormant Argus au son de la flûte, l'autre
Phœbus conduisant son char.

Ces deux belles peintures sont de Léonard Limousin.

Haut., 19 c., larg., 23 c.

8 — Plaque rectangulaire à peinture coloriée et à paillons,
représentant le Calvaire, riche composition ; dans
le fond on aperçoit la ville de Jérusalem. Cadre en
bois sculpté et doré.

Haut., 25 c., larg., 21 c.

9 — Autre plaque de même forme, à peinture coloriée
sur paillon, représentant l'adoration des Mages.
Ce sujet, composé d'un grand nombre de figures
richement costumées, est placé sous un monument
d'une architecture élégante dans le style du
xvᵉ siècle. Attribué à Jean Penicaud.

Haut., 28 c., larg., 23 c.

10 — Belle plaque rectangulaire, peinture coloriée avec
rehauts d'or, l'adoration des Mages. Très-bel émail
de style allemand du xvᵉ siècle.

11 — Autre plaque de même forme, représentant le Calvaire, Jésus crucifié entre les deux larrons ; dans le
fond on voit la ville de Jérusalem. Belle peinture
coloriée.

Haut., 18 c., larg., 18 c.

12 — Très-belle coupe sur piédouche élevé, avec couvercle, peinture coloriée rehaussée d'or.

Elle offre à l'intérieur, sur un fond d'entrelacs
et d'arabesques, deux écussons aux armo de Léon
et de Castille supportés par des génies ;   extérieur

ainsi que le pied, sont décorés de feuillages émaillés en bleu turquoise et en vert rehaussé de blanc, ainsi que d'arabesques avec guirlandes et trophées, dessinés en or, portant le monogramme L. L., de Léonard Limousin.

Le couvercle présente extérieurement, en grisaille rehaussée de bleu, le combat des Centaures et des Lapithes. Peinture d'une beauté remarquable. Le bord. décoré de riches guirlandes de fruits en camaïeu d'or, porte l'inscription suivante : *Convivia talia nostris hostibus eveniant* ; sur un rocher, placé au bas du sujet, on lit : *Leonardus Limovicus, inventor.* 1536.

L'intérieur présente trois sujets peints en couleurs et séparés entre eux par des arabesques d'or : le premier représente un prélat à l'autel, officiant ; le second, deux personnages à table, dans lesquels nous croyons reconnaître les rois François Ier et Charles-Quint, entourés d'une cour nombreuse ; le 'roisième sujet représente un banquet auquel assistent tous les personnages qui figurent dans le sujet précédent. Au-dessus de ce dernier sujet on lit l'inscription suivante en lettres d'or : *Conciliat divos federa amicitias.* Ces sujets, finement peints et d'un beau style, ont rapport très-probablement à l'histoire de François Ier et de Charles-Quint.

Cette pièce, remarquable par la beauté de la peinture, doit en outre fixer l'attention par son intérêt historique.

Haut., 18 c., diam., 21 c.

13 — Autre coupe à piédouche élevé, avec couvercle, l'intérieur, à peintures grisaille rehaussée de bleu et d'or, représente David coupant la tête de Goliath. Elle porte le monogramme C. N.; l'extérieur, dé-

coré de guirlandes et de mascarons émaillés en couleurs variées avec rehauts d'or, porte la date de 1539. Le couvercle à fond bleu, décoré d'arabesques en grisaille et or, porte la même date ; il est en outre orné de quatre bossages à fond vert, portant des bustes de guerriers et des bustes de femmes peints en grisaille ; l'intérieur est décoré d'arabesques d'or.

Cette pièce est d'une belle conservation.

Haut., 19 c., diam., 22 c.

14 — Salière de forme hexagone, décorée de bustes d'hommes et de femmes ; émail colorié.

15 — Très-beau coffre dont le couvercle est cintré.

Les peintures coloriées et rehaussées d'or qui le décorent sont du plus beau style et d'un fini remarquable : elles représentent au pourtour le combat des Vertus contre les Vices ; belle et grande composition dont les nombreuses figures sont pleines d'énergie et de grâce. Chaque camp a son étendard ; on lit sur l'un Foy, sur l'autre Perfidie ; plusieurs autres inscriptions expliquent le sujet ; le couvercle représente le séjour des Heureux.

La monture, en bois doré de l'époque, est ornée aux angles de colonnes en émail.

Haut., 22 c., larg.. 25 c.

Cette pièce capitale est signée P. C., monogramme de Pierre Courtois, et peut être considérée comme le chef-d'œuvre de cet artiste, dont les œuvres sont fort rares.

16 — Espèce de retable de forme ogivale ; le centre occupé par un Christ en bois de ronde-bosse sur croix en

bois noir avec ornements en ivoire gravés; le fond
est composé de six plaques en émail, à peintures
coloriées, signées N. B. 1543. Les deux sujets,
placés au centre, représentent les donataires, mari
et femme, agenouillés devant leurs prie-Dieu, sur
lesquels ont remarque leurs écussons armoriés;
au-dessous sont représentés la décollation de saint
Jean; Hérodias et Hérode auxquels on présente la
tête de saint Jean.

Haut. totale, 75 c., larg., 75 c.

17 — Petite plaque rectangulaire, représentant saint François. Les angles sont des ornements en relief.
Émail de Laudin.

18 — Deux plaques de même forme, peintures coloriées,
saint Philippe et saint Simon. Cadres dorés.

19 — Plaque, à peinture coloriée, représentant la résur-
rection du Christ, dans le style de Léonard Limousin.

20 — Plaque rectangulaire, peinture coloriée, représentant
la Vierge des Sept Douleurs.

Haut , 23 c., larg. 17 c.

21 — Six plaques à peintures coloriées, rehaussées d'or,
représentant des sujets de la Passion; ces peintures sont de Pierre Penicaud et portent au revers
son monogramme poinçonné sur la plaque de
cuivre.

22 — Deux plaques à peintures coloriées, représentant,
l'une Jésus au Jardin des Olives, l'autre le Christ
en croix avec les saintes femmes au pied.

23 — Deux autres plaques représentant le portement de
croix.

24 — Plaque à peinture coloriée, représentant la flagella-
tion du Christ.

25 — Plaque carrée à peinture coloriée, représentant la
Vierge immaculée portant l'Enfant Jésus ; le sujet
est entouré de nombreuses légendes inscrites sur
des banderoles.

26 — Autre plaque de même forme : l'Ecce Homo.

27 — Croix processionnelle en cuivre doré, avec Christ et
figures de saints en ronde-bosse ; elle est enrichie
d'appliques émaillées et de nombreux cabochons
en pierreries. XIVᵉ siècle.

28 — Reliquaire en forme de croix, en cuivre repoussé,
gravé et doré, enrichi d'un côté de cabochons en
cristal, et de l'autre de rosaces émaillées. XIVᵉ siècle.

29 — Custode à couvercle conique surmonté d'une croix
émail byzantin du XIVᵉ siècle.

30 — Autre custode à peu près semblable.

Tous les émaux que nous venons de décrire
proviennent de la collection de Mᵐᵉ de la Sayette.

OBJETS DIVERS

30 bis. — Timbale avec couvercle en argent doré et repoussé,
ornée de bustes.

31 — Aiguière et son bassin en étain par F. Briot, avec
son portrait au revers du plat. Ces deux pièces
sont décorées d'arabesques et de médaillons avec
figures allégoriques en bas-relief, d'une bonne
conservation.

32 — Grande coupe figurant une branche de fruits en
agate orientale, entièrement sculptée et évidée
dans la masse, avec plateau en même matière.
Travail chinois.

33 — Vase à brûler des parfums, bronze chinois, de forme
carrée et élevé sur quatre pieds, chaque face est
décorée de caractères symboliques en relief; le
support et le couvercle sont en bois sculpté découpé
à jour.

34 — Deux vases potiches, en porcelaine du Japon, décorés
de fleurs. Belle qualité.

35 — Petite pendule du temps de Louis XV, en bronze
doré; le mouvement est supporté par des caria-
tides; le tout repose sur un fût de colonne cannelée
en même métal.

36 — Tasse avec sa soucoupe en porcelaine de Sèvres bleue
de roi, ornée de médaillons à portraits historiques
et d'émaux translucides.

37 — Bouteille à panse aplatie, en faïence ancienne, ornée
de mascarons en relief.

38 — Sainte Madeleine debout, les mains jointes. Grande
figure en ivoire; travail flamand du XVIIe siècle.

39 — Triptyque en ivoire dont le bas-relief du centre représente saint Jérôme, sur les volets sont représentés
les quatre Evangélistes.

40 — Horloge à mouvement horizontal, surmontée de la
statue de la Vierge portant l'Enfant-Jésus, en
bronze doré; cette figure a les bras mobiles.
Ouvrage allemand de l'époque de Louis XIII.

41 — Fourchette et cuiller en étain du XVIe siècle.

42 — Ménagère en porcelaine d'Allemagne, composée d'un plateau et de quatre burettes décorées de fleurs.

43 — Petit groupe en bronze, de couleur florentine, représentant Silène dans l'ivresse, entouré de jeunes enfants, sur piédestal en bronze doré avec plaques en porphyre rouge oriental.

44 — Beau bureau en marqueterie de cuivre sur écaille rouge, le dessus marqueté en plein, les pieds avec entre-jambes à X.

45 — Petite table à ouvrage avec tiroirs, en marqueterie de bois à fleurs, ornée de bronzes dorés. Epoque Louis XV.

46 — Coffret vide-poche en bois avec ornements dorés.

47 — Deux grands vases en porcelaine à la reine, fond blanc, décorés de bluets avec ornements d'or et portant des candélabres à sept lumières, formés par des branches de fleurs en bronze doré.

ARMES ANCIENNES

48 — Belle épée du XVIᵉ siècle dont le pommeau et la garde, ornés d'arabesques damasquinées d'argent, sont enrichis de petits médaillons avec figures en argent de rapport. La lame porte l'inscription : *Herman Keisser me fecit Solinsen.*

49 — Autre très-belle épée italienne, dont le pommeau et
la garde en fer ciselé sont entièrement couverts
d'arabesques mélangées de figures finement ciselées
et damasquinées d'or. Beau travail du XVIe siècle.

50 — Très-belle épée en fer ciselé du XVIe siècle. Le pommeau, la poignée, la garde et la garniture du four-
reau, représentent en relief divers épisodes de la
vie de Samson ; la barrette se termine à chaque
extrémité par une tête de bélier.

Cette pièce remarquable se recommande par la
beauté du style et la perfection du travail.

51 — Petite épée du temps de Louis XV. La monture, en
acier ciselé et damasquiné d'or, est ornée de bustes
de guerriers et de trophées d'armes.

Toutes ces armes proviennent de la belle collection de M. le comte de Courval.

MINIATURES & TABATIÈRES

52 — Grande et belle miniature représentant des Bacchantes
endormies surprises par des Satyres. Cadre en
argent doré.

53 — Deux portraits de femmes du temps de Louis XVI,
réunis dans le même cadre en argent doré.

54 — Fixé. Sujet de marine, d'après Vernet. Cadre en
argent doré.

55 — Un concert dans un parc, dans le style de Watteau.
Cadre en argent doré.

56 — Vénus et Adonis. Cadre en argent doré.

57 — Grande miniature représentant Mme de Montespan et Mme de Lavallière se promenant dans un parc avec une nombreuse société. Cadre en argent doré.

58 — Portrait d'homme du temps de Louis XIV. Belle miniature dans le style de Petitot.

59 — Portrait d'une jeune femme avec ruban bleu dans les cheveux. Epoque Louis XVI. Monté en argent doré.

60 — Portrait de femme en costume de l'époque de Louis XVI. Médaillon ovale en argent doré.

61 — Portrait d'homme en habit vert. Epoque Louis XVI. Médaillon ovale en argent doré.

62 — Portrait de femme âgée en costume du temps de Louis XVI. Médaillon ovale en argent doré.

63 — Fête villageoise dans une hôtellerie. Très-belle miniature de Jacques Callot. Signée. Cadre en argent doré.

64 — Portrait de la reine Marie-Antoinette. Gravure avant la lettre, rehaussée de couleurs. Cadre en argent doré.

65 — Portrait de femme (Ange de Saint-Aubin, 1773). Epoque Louis XVI. Beau dessin dans un cadre en bois sculpté et doré.

66 — Fixé attribué à Blarenbergh. Sujet de chasse du temps de Louis XIV. Médaillon ovale en argent doré.

67 — Fixé. Sujet allégorique, signé E. Lebel. Médaillon rond en argent doré.

68 — Fixé. Médaillon rond avec sujet allégorique.

69 — Quatre miniatures grisailles représentant des sujets mythologiques, attribués à Degault. Cadres en argent doré.

70 — Six médaillons avec grisailles à sujets mythologiques dans le style des précédents. Monté en argent doré.

71 — Jolie miniature représentant un concert du temps de Louis XIV. Médaillon ovale en argent doré.

72 — Médaillon rond, vernis de Martin. Sujet de la Bonne Mère.

73 — Le portrait de Louis XV, jeune. Cadre en bronze doré.

74 — Vénus et l'Amour. Cadre en argent doré.

75 — Paysage dans le style de Blarenberg. Cadre en argent doré.

76 — Combat de taureaux.

77 — Autre paysage. Médaillon rond. Cadre en argent doré.

78 — Médaillon rond avec sujet pastoral. Cadre en argent doré.

79 — Boîte carrée en émail décorée de sujets mythologiques très-finement peints, garnie en argent.

80 — Autre boîte carrée en émail, décorée de sujets dans le style de Watteau, garnie en argent doré.

81 — Boîte ovale en émail, décorée de sujets mythologiques.

82 — Boîte forme coquille, en émail, décorée de fleurs, garnie en argent.

83 — Boîte ovale en or émaillé, par Coclot de Genève.

84 — Médaillon ovale, émaillé, par le même artiste.

85 — Deux Bonbonnières en écaille, incrustées de fleurs et d'oiseaux, en argent.

86 — Corbeille en argent repoussé et doré, offrant au milieu un bas-relief représentant un jeune seigneur et une jeune dame dans un parc ; le bord est décoré de fleurs et découpé à jour.

87 — Deux médaillons ovales émaillés sur or, sujets mythologiques.

TABLEAUX

88 — Mars et Vénus surpris par Vulcain en présence de tous les dieux. Peinture très-fine sur cuivre, signée F. Wte. Wael. Cadre en bois d'ébène orné d'appliques en cuivre doré.

89 — H. Baron. Campement de Bohémiens. Sur bois.

90 — Roqueplan. Un moulin à vent. Sur toile.

91 — Rothenamer. Banquet des dieux. Sur cuivre.

92 — École flamande. Fumeurs. Sur toile.

93 — Id. Corbeille de fruits. (Signé Grand Champ.)

94 — École hollandaise. Vue marine. Sur bois.

95 — Id. Paysage avec figures. Sur bois.

96 — Id. Fumeur. Sur bois.

97 — Une gravure d'après H. Vernet, par Jazet : Le Combat des Dragons du Pape et des Brigands.

98 — Paysage de Leroux.

BIJOUX & DIAMANTS

99 — Colier (Rivière) composé de trente-six gros brillants.

100 — Grande broche formée d'un bouquet de fleurs en brillants.

101 — Deux autres broches moins grandes, également en brillants.

102 — Bandeau orné de fleurettes en brillants.

103 — Cinq rosaces disposées pour broches et se réunissant à volonté pour coiffure en brillants.

104 — Deux petites broches en brillants.

105 — Bague enrichie de douze brillants.

106 — Bracelet composé de six rangs de perles avec barrette formée de douze brillants, la monture enrichie de petites roses.

107 — Peigne en écaille avec fleurettes en brillants.

108 — Petite montre avec châtelaine et breloques, en or, le tout enrichi de brillants et de roses.

109 — Bracelet orné d'une grosse perle et de brillants.

110 — Broche formée par un œillet en rubis et brillants, les feuilles en or émaillé.

111 — Petite montre en or ciselé, enrichie de jargons et ornée d'un médaillon avec portrait sur émail. Epoque Louis XVI.

Renou et Maulde, Imprimeurs de la Compagnie des Commissaires-Priseurs, rue de Rivoli, 144.   29245